Dominique Paquet

La consolation de Sophie

Théâtre

l'école des loisirs
11, rue de Sèvres, Paris 6e

ISBN : 978-2-211-20705-8

Loi numéro 49.956 du 16 juillet 1949 sur les publications destinées à la jeunesse : septembre 2011
Dépôt légal : septembre 2011
Imprimé en France par Hérissey à Évreux (Eure)
N° d'impression : 117317

LES PERSONNAGES

TRITA, petite fille

SOPHIE, vieille, vieille, vieille,
trois fois vieille dame, donc jeune

SINAN, le jumeau, de loin

Chambre, et lieux insolites dissimulés dans la chambre : mer agitée loin des côtes, envers des miroirs, passage secret, chaise promontoire, étoile lointaine, armoire à paysages…

Première nuit :
Puis-je être heureuse ?

La chambre de Trita. Armoire, télé brailleuse de musique kilométrique, alternant avec des explosions, des coups de feu. Trita, morose, zappe sans fin, quitte son lit et se plante devant son miroir.

TRITA, *à son reflet*

Salut ! Salut, salut ! Toi, tout ébouriffée et les yeux rouges ! Oui, c'est moi, Trita !!! Ne te cache pas, je te vois ! Que me dis-tu, fille à l'envers ? Rien ? Pourquoi tu ne réponds pas aujourd'hui ? Je te fais peur ? Avec mes larmes ?... Tu sais ce qui me ferait plaisir ? Tomber malade moi aussi ! Un bon gros rhume pour cacher mes yeux gonflés et un grand câlin de maman pour me faire oublier ma tristesse. Sa caresse douce ! Douce ! Elle soigne si bien, maman, c'est un bonheur d'être malade !

Mais elle ne s'occupe que de Sinan, en ce moment. Donne-moi une petite fièvre gentille pour rester au lit. Tu me la donnerais ? Mon cœur est tout agité, mon chagrin prêt à fondre sur moi, tu sais pourquoi, fille à l'envers… Tu ne dis rien ? *(Elle monte le son et s'agite.)*

Une ombre apparaît progressivement, disparaît, l'apparition se fait par mystères successifs. Fragments de tête, corps, silhouette. Trita sent que quelque chose se passe. Quelque chose frissonne, ici ? C'est toi, fille à l'envers ? *(Elle regarde le miroir la tête en bas.)* Je me fais peur toute seule…

Apparaît Sophie dans l'armoire ou sortant de l'armoire. Aaaah ! Une robe a bougé… *(Elle se cache.)* Qui es-tu ?

SOPHIE

Des cris ? Des larmes ? De la peur ? Toi qui étais si gaie quand tu étais petite !

Sophie disparaît.

TRITA

Qui m'a parlé ? *(Sophie réapparaît en souriant.)* Qu'est-ce que tu fais dans ma chambre ?… N'approche pas ! D'où tu viens ?

SOPHIE

Que de questions, Trita !!! Il était temps que j'arrive !

TRITA

On se connaît ? On s'est déjà vues ? Tu es sortie du miroir ? De chez la fille à l'envers ?

SOPHIE

Je t'ai connue rieuse ! Joyeuse ! Heureuse ! Qu'est-ce qui t'a changée, Trita ? Pourquoi m'as-tu appelée ?

TRITA

Je ne t'ai jamais appelée ! Je ne te connais pas ! Tu ne serais pas la dame blanche ?

SOPHIE

Qui est-ce ?

TRITA, *elle fait un signe cabalistique pour s'en protéger*

Va-t'en ! Va-t'en ! Va-t'en ! Nooooon ! Ne rentre pas plus loin !

SOPHIE

Qui est la dame blanche ?

TRITA

Ah ! Ce n'est pas toi ! Ne t'approche pas quand même… Mon frère l'a vue une fois derrière des sapins et même sur une dune quand il cherchait des chardons avec sa classe. Moi jamais ! Tu ne connais pas la dame blanche ?

SOPHIE

Je n'ai pas eu ce plaisir !

TRITA

Si tu la connaissais, tu ne dirais pas plaisir ! C'est un fantôme qui traîne dans les bois avec une longue écharpe de brume autour du cou ! Ou dans les salles de classe la nuit. Un jour, mon frère a même trouvé un fil de son écharpe sur son cartable. On dit qu'elle se nourrit du sang des enfants. Tout le monde en a peur, même si on sait qu'elle n'existe pas. Tu es la dame noire ! La dame du réglisse !

SOPHIE

Non plus.

TRITA

La dame jaune qui nous regarde de la lune ? La dame verte des herbes folles ? La bleue du lino ? La dame plate qui rampe sous le sol de la cuisine ?

SOPHIE

Que de dames effrayantes ! Il y a donc des spectres partout dans cette maison !

TRITA

Qui es-tu alors ? Tu es immense ! Ta tête touche les étoiles, tes yeux lancent des éclairs ! Comment es-tu sortie de l'armoire ? À moins que tu ne viennes du miroir ? Je n'ai pas bien vu. Pourquoi tu ne réponds à aucune question ? Ne t'approche pas trop, je te dis… J'ai un peu peur, même si tu ne lorgnes pas mon cou. Même si tu ne sors pas tes canines !

SOPHIE

Je peux entrer ?… Oh ! Mais il y a déjà un monde fou, ici ! Ces petites danseuses à moitié nues sont aussi tes invitées ? Quel tapage ! Tu as des amies bien bruyantes !

TRITA

Elles me distraient quand je m'endors.

SOPHIE

Tu t'endors dans ce charivari ! Pfff ! Dis-leur de s'en aller !

TRITA

Pas question ! Tu es venue ici pour me contrarier ? Tout doucement, tu te glisses dans ma chambre pour m'empêcher de faire ce que je veux ? *(Elle prend sa baguette magique.)* Repars d'où tu viens ! Repars d'où tu viens ! Repars d'où tu viens ! Ah ! Ça ne marche pas ! Qu'est-ce que c'est que cette baguette pourrie ?

SOPHIE

Qui a autorisé ces petites guenons à danser au pied de ton lit ou ces garçons en treillis à lancer des grenades dans ta chambre ?

TRITA

Arrête de me gronder ! Tu ressembles à un poisson électrique ! Une torpille ! Et puis ne change pas de taille sans arrêt ! Je suis trop triste pour supporter que tu me grondes ou que tu te transformes sans cesse !

SOPHIE

Excuse-moi ! Chez vous, les vivants, j'ai toujours un peu de mal à trouver la bonne taille !!!! Ce monde est si petit ! Je sais ta solitude. C'est pourquoi je suis entrée par effraction chez toi. Je ne suis pas sûre que ces danseuses te consolent, car j'ai bien vu de mon pays lointain ton regard noyé et tes larmes. *(Elle éteint la télé de manière magique.)* Oh ! Quel beau silence ! Relève les yeux ! Les yeux, debout !

TRITA, *roulant des yeux mais boudant*

Comme ça ?

SOPHIE

Vers moi. Et puis jette-moi cette grimace ! *(Elle lui enlève sa moue et la jette au loin.)*

TRITA

Mes larmes… ma moue… et puis quoi encore ? Laisse-moi être triste tranquille ! Je pleure des cauchemars !

SOPHIE

Tu aimes ça ? Non, sans doute, puisque tu demandais à la fille à l'envers du miroir de tomber malade. Tu crois que c'est une solution, être malade, pour se sentir bien ?

TRITA

Je ne sais pas quoi faire !

SOPHIE

Je suis là pour t'aider. Même si tu ne m'as pas appelée, je t'ai vue.

TRITA

Dans l'armoire ?

SOPHIE

Oui, il y a là un passage terriblement secret entre ton monde et le mien.

TRITA

Montre-moi. *(Elle regarde.)* Le fond de l'armoire est lisse comme la main. Tu te caches dans les manteaux ? Dans les manches de l'anorak ? Dans ma capuche ?

SOPHIE

Ce passage ne s'ouvre que pour moi.

TRITA

Ah ? Alors va-t'en si tu ne veux pas partager ton chemin ! Qu'est-ce que tu fais ici, fausse dame blanche sans écharpe ?

SOPHIE

Je suis venue partager autre chose.

TRITA

Quoi ?… Tu es très mal habillée… Tu aurais pu choisir une autre robe pour me rendre visite.

SOPHIE

Je viens de si loin, la route est si longue et je suis si vieille ! Je suis née de la première aube quand le premier homme a regardé le monde et s'est demandé : « Pourquoi ? Pourquoi moi ici sur cette étrange terre où tout est à faire, et où je suis si seul ! »

TRITA

Il s'est dit ça ? Tu l'as entendu ?

SOPHIE

Oui. Sa première parole m'a fait naître.

TRITA

Tu es drôle, toi ! Tu es née des mots ?

SOPHIE

Bien sûr ! Ce premier jour, j'ai aussitôt tissé ma robe de la soie la plus fine, entremêlé des dessins, brodé des échelles, cousu mon nom et l'ai tramée de fils d'or… Mais, au cours du temps, les fils se sont déchirés, les dessins se sont râpés, mon nom s'est usé et beaucoup de brutes en ont emporté des morceaux.

TRITA

Pourquoi ?

SOPHIE

Parce qu'ils me faisaient la guerre !

TRITA

Voilà pourquoi tu n'aimes pas les coups de feu !

SOPHIE

Je t'ai aperçue à l'envers du miroir, mais tes larmes, elles, étaient à l'endroit. Au mauvais endroit !

Petit temps.

TRITA

… Sinan est encore parti à l'hôpital.

SOPHIE

Qui est Sinan ?

TRITA

Mon jumeau. Il repart, il revient, il repart, il revient, il repart, il revient… On ne sait plus où il habite. Toujours en voyage. Mais la maison est triste.

SOPHIE

J'ai bien fait de venir. De chasser ces petites guenons de cinéma, tellement gaies qu'elles te rendent mélancolique de ne pas danser avec elles.

TRITA

Oui. Que veux-tu faire avec moi vieille, vieille, vieille, trois fois vieille, mille fois vieille, cent millions de fois vieille dame en haillons ?

SOPHIE

Sophie.

TRITA

Qu'est-ce que tu veux faire, Sophie ?

SOPHIE

Te consoler. Te remettre debout. Te redonner la joie. L'heure est aux remèdes, Trita. Pas aux poisons.

Noir.

Deuxième nuit : Les fausses consolations

Trita et Sophie sont sur un récif au milieu d'une mer agitée.

TRITA

Ah ! Mais je ne vais jamais tenir en équilibre ! Le récif est si petit ! Et la mer si agitée !

SOPHIE

Cramponne-toi à ma robe !

TRITA

Euh oui !... mais... elle n'est pas très solide, vieille comme tout !... Tiens-moi bien... Que fait-on ici ? Où est ma chambre ?

SOPHIE

Rien de tel qu'une bonne tempête dehors pour se sentir calme dedans ! Non ?

TRITA

Un peu. Pourquoi tu ne réponds jamais aux questions importantes ?

SOPHIE

Quand il y a une tempête en toi, comment fais-tu ?

TRITA

Parfois quand je suis en chagrin, je crie : « Au secours ! »

SOPHIE

À qui ?

TRITA

Au vide. Oups ! J'ai failli tomber.

SOPHIE

Et le vide répond ?

TRITA

Non, évidemment ! Le vide est vide. Mais là, il m'a presque appelée. Tu as vu ? La mer est montée jusqu'à mes chevilles !

SOPHIE

Ne le regarde pas ! Laisse le vide tout seul, tout vide !

TRITA

Parfois, lorsque j'ai ma peur la plus bleue, celle

de laisser ma jambe hors du lit. *(Air interrogateur de Sophie...)* Oui, au cas où il y aurait des crocodiles dessous, tu comprends ?... eh bien, je rentre à l'intérieur. Je me bagarre avec elle.

SOPHIE

Mais ta peur riposte. Elle se défend ?

TRITA

Oui, comment le sais-tu ? Elle reste là tapie dans ma tête, je ne peux pas la chasser. J'essaie de l'assommer, de l'aplatir. Mais une petite peur de laisser ma jambe hors du lit à cause des crocodiles reste quand même un peu à l'intérieur. Pourquoi ?

SOPHIE

La bagarre ne doit pas être un bon moyen.

TRITA

Ah ! Tiens-moi ! Il y a trop de vagues !... Pourquoi tu m'as emmenée ici ? Évidemment, tu ne me réponds pas !!! Tu es fatigante, Sophie ! Ce sont de mauvaises questions ? Oui ? Ah la la ! Je me bats aussi contre mon chagrin. Je le bats à son propre jeu. Parfois je gagne, parfois non. Le chagrin s'en va moins vite que la peur.

SOPHIE

Tu le bats avec quelles armes ? Une tapette à souris ?

TRITA

Mais non ! Je lui crie : « Assez ! » Je lui crie : « Va-t'en ! » Et je me cache sous la couette ! Mais si je remets le nez dehors, le revoilà, ce chagrin ! Il se cache partout, il roule sous les meubles comme un petit pois et me regarde en disant : « Ahahha ! Je suis toujours là, je suis ton gros chagrin. Gnac ! » Et il ricane !! Comme ça ! *(Elle imite le chagrin ricaneur.)* Gnac ! Gnac ! Gnac !

SOPHIE

Le traître !

TRITA

Parfois, je tape les murs, je fais une crise de mer. De mer agitée, comme elle. Avec des vagues et de l'écume !

SOPHIE

Et le mur répond ?

TRITA

Qu'est-ce que tu racontes ? Ah ! Ne me lâche

pas!!! Il ne peut pas parler, le mur, il tape aussi, il répond à sa façon… en me faisant mal!! Je cogne aussi les tiroirs, les armoires, un bon coup de pied fait sortir la colère!

SOPHIE

Ah oui? Il y a une sortie de secours au bout des doigts de pied!

TRITA

Il n'y en a pas! Arrête de te moquer, je te dis mes consolations, c'est ce que tu m'as demandé, non? Ahahha! Le vent se lève aussi! Je voudrais bien savoir où est partie ma chambre!… Aussi… je brûle à l'intérieur. Dans ma plus grosse crise de mer quand tout va mal, l'école, les punitions, les notes, je veux brûler la chambre, la ville, la nuit. Mais je n'ai pas assez de feu!

SOPHIE

Mauvais moyen, le feu!

TRITA

Parfois, je donne ma peur aux dauphins… mais les dauphins préfèrent les sardines!!!

SOPHIE

Moi aussi ! *(Elle rit.)*

TRITA

Parfois je me retourne la tête comme une poubelle pour la vider. Mais elle ne veut pas ! Elle résiste. Elle reste là, droite sur mon cou avec tous les ennuis à l'intérieur ! Ou je tourne sur moi-même, très vite, pour que la tristesse s'échappe ! *(Elle le fait.)* Oh ! Ne prends pas toute la place, je vais tomber !!!!

SOPHIE

Et ta tristesse se casse vertigineusement le nez ?

TRITA

Non ! Aussi… parfois, j'ouvre les yeux la nuit, je me raconte des histoires. Mais le chagrin veut raconter une autre histoire. La sienne. Toujours. « Comme je suis malheureuse ! Comme je m'ennuie de Sinan… Est-ce que je vais passer en CM2…, etc., etc., etc. »

SOPHIE

Bien sûr, le chagrin veut toujours gagner sur la joie.

TRITA

Parfois je me suicide. Si rien n'a marché. Ni les crises, ni le vertige, ni les câlins… je me tue.

SOPHIE

Ah ? Je ne savais pas que je parlais à un fantôme !!! À une dame blanche peut-être !

TRITA

Tu n'es pas drôle ! Moi je te raconte toutes mes larmes, et toi, tu rigoles sur un bout de rocher grand comme un confetti ! Ce n'est pas juste !

SOPHIE

Tu as raison !

TRITA

Je prie aussi.

SOPHIE

Qui ?

TRITA

Je prie. Je prie ! Je prie ! Tu ne sais pas ce que c'est ?

SOPHIE

Si.

TRITA

En fait, il n'y a que mon frère jumeau pour me consoler. Je l'aime très fort, sauf quand il ronfle et que j'ai un contrôle le lendemain. On est pareils, pareils. Les yeux, la bouche, les grains de beauté. Des peurs pareilles, des chagrins pareils. Quand il est là, on les met tous ensemble, nos chagrins, on se serre très fort l'un contre l'autre, et ils s'échappent parce que, coincés entre nous, tout aplatis, ils n'ont plus de place. Alors ils s'en vont!!! *(Elle rit.)*

SOPHIE

Voilà une vraie bonne consolation.

TRITA

Oui. Mais Sinan est à l'hôpital… Regarde. La mer est si grande. Et moi si petite… On dirait qu'elle s'est calmée.

Noir.

Troisième nuit : Penser aux autres serait une consolation ?

Trita fourrage dans l'armoire.

TRITA

Sophie ?... Sophie !!! Viens !!! Qu'est-ce que tu fais ? J'ai besoin de toi... tu n'es pas venue depuis longtemps !!!! Depuis au moins trois mois... Quatre-vingt-dix jours... Tu te rends compte ? Évidemment, elle ne répond jamais aux questions ! Je devrais le savoir ! *(Elle va au miroir.)* Fille à l'envers... Fille à l'envers, console-moi... Ça ne marche pas !... Ah la la ! *(Apparaît Sophie en désordre.)* Ah ! Te voilà ! Tu as l'air mal en point ! Ta robe a un nouveau trou. Tu boites... Qu'est-ce qui s'est passé ?

SOPHIE

J'avais un monde fou à voir, à consoler. Du travail, du travail !

TRITA

Quelqu'un t'a battue ? Mordue ? Et il t'a enlevé ton nom brodé ! Oh ! Ma pauvre mille fois vieille !

SOPHIE

Oui, il m'a même jeté des pierres ! Je n'ai dû ma fuite qu'à mon passage dans ton armoire !

TRITA

Je vais te soigner ! Pose nounours compresse sur ton gros bleu de joue. Quel est l'affreux qui t'a lynchée, Sophie ?

SOPHIE

Un piailleur qui préfère pleurer à rire ! Un râleur. Un grogneur. Un grognonneur. Merci pour la compresse.

TRITA

Quels fous !... Tu consoles la terre entière ?

SOPHIE

Nous sommes plusieurs. Après la première aube du premier matin, d'autres Sophie sont nées. Mais il y a un travail terrible. On ne se repose jamais, tout ce monde qui se lamente, pleure, gémit. Heureusement, viennent des nuits de joie, de danses, de rires, de feux d'artifice. De carnaval aussi. Ces nuits-là, je reste chez moi.

TRITA

Où ?

SOPHIE

Par là.

TRITA, *la tête dans l'armoire*

Je n'arrive pas à voir. Tu m'emmèneras un jour ?

SOPHIE

Possible. Si tu deviens une Sophie à ton tour.

TRITA

C'est drôle ! Aujourd'hui tu réponds aux questions ! Pourquoi ? *(Temps.)* Qui t'appelle dans le monde pleureur ?

SOPHIE

Les enfants surtout. Ceux des pays alentour. Ceux qui marchent des heures pour aller aux puits et qui ont les pieds en sang. Ceux qui tissent des tapis et n'ont pas une poupée pour jouer. Ceux qui ont vu flamber leur maison. Ceux qui claquent des dents dans les caves. Ceux que l'on tape. Ceux que leurs frères et leurs sœurs battent. Ceux que leurs parents n'aiment pas. Ceux qui sont trahis par leur meilleur ami. Ceux qui se trouvent trop gros. Ceux qui voient battre leurs parents. Ceux qui sont séparés.

TRITA

Tout ce monde !!! Ils te racontent leur vie ? Tu les emmènes sur la mer agitée ?

SOPHIE

Ou ailleurs. Sur des sentiers de montagne. Nous montons jusqu'à ce que leur nez frissonne. Marcher réveille les pensées. J'essaie de les consoler comme toi.

TRITA

Et Sinan, il t'a appelée ? Tu lui as rendu visite à l'hôpital ?

SOPHIE

Non. Pas encore.

TRITA, *un peu agressive*

Pourquoi ? Il n'a pas d'armoire dans sa chambre ?

SOPHIE

Si. Sûrement.

TRITA

Alors ? Qu'est-ce que tu attends ? Vas-y, Sophie. J'aimerais que tu apparaisses au pied de son lit, immense comme pour moi avec tes cheveux désolés, tes yeux d'éclair et ta belle robe trouée... que tu le prennes dans tes bras pour lui redonner de la force. Que tu le serres tout doucement contre toi, le bras derrière le cou comme ça doux, très serré contre ta poitrine, les yeux dans les yeux, en pensant à lui.

SOPHIE

Pensons-y ensemble si tu veux.

TRITA

Oui. *(Elles s'enlacent et pensent à Sinan.)*

Noir.

Quatrième nuit :
Rire comme les oiseaux

TRITA

Tu as rendu visite à mon frère ?

SOPHIE

Oui.

TRITA

Merci toi. Moi on ne me laisse pas le voir. Trop petite.

SOPHIE

Je lui ai appris quelques exercices de rire.

TRITA

Exercices ? Comme des exercices de maths ?

SOPHIE

Comme.

TRITA

Et il a ri Sinan ?

SOPHIE

Beaucoup.

TRITA

Apprends-moi alors. Je veux tout partager avec lui.

SOPHIE

Je lui ai appris le rire des oiseaux. Ce sont les animaux les plus gais… *(Doute de Trita.)* Bien sûr ! Tu as déjà vu rire un lion ?

TRITA

… Euh non… Le lion ferait plutôt la tête. Avec ses deux grosses rides sévères, là. *(Elle fait le lion sévère.)*

SOPHIE

Et sourire un hérisson ?

TRITA

Je ne rencontre pas beaucoup de hérissons. Sinon écrabouillés sur la route. Et ils ne rigolent pas, je t'assure. *(Elle imite le sourire d'un hérisson écrabouillé.)*

SOPHIE

Et les moutons ? Tu les as déjà vus se désopiler ?

TRITA

Eux? Ils prennent toujours un air dégoûté comme si leur herbe était amère. *(Elle imite le mouton dégoûté.)* Les chèvres aussi. On a l'impression qu'elles appellent leur mère. Ou qu'elles disent des gros mots !!! *(Elle imite les chèvres.)* Mais les lapins rigolent, non ? Quand ils dansent et jouent sous la lune ? Tu en as vu ?

SOPHIE

Une nuit, j'ai été invitée à danser par des lapins. Mais leur joie n'est rien comparée à celle des oiseaux.

TRITA

Raconte les oiseaux.

SOPHIE

Les autres animaux adorent se reposer, dormir. Mais eux, ils virevoltent et chantent le plus clair de leur temps. Au printemps, à la saison des amours, encore davantage. Les oiseaux chantent dès le réveil. Dès le soleil. Partout. En ville. Dans les champs. Leur trille est une sorte de rire de bonheur du jour nouveau. De pensée joyeuse.

TRITA

Je les entends parfois très tôt le matin, couchée dans mon lit. Mais les pigeons ne sont pas très gais !

SOPHIE

Pourquoi ça ?

TRITA

Quand je shoote dedans, ils piaillent !

SOPHIE

Laisse-les vivre et tu verras combien leur chant égaie.

TRITA

Dans ma ville, je ne vois que des corneilles noires perchées sur les poubelles. Elles crient affreux, comme si elles voulaient t'arracher ton cornet de glace. Et des pies aussi qui sautillent. Mais je ne les ai jamais entendues rire aux éclats ! Peut-être que les oiseaux des villes chantent moins joyeux que les oiseaux des champs ?

SOPHIE

Sans doute. Les autres changent de paysage sans cesse, volent au-dessus des déserts et des mers. Imagine ce que voit l'oiseau… les terres… les ciels… les océans… Quelle joie vertigineuse ! Tu aimerais être oiseau ? Essayons de chanter comme eux. Respire bien, comme ça. La mouette rieuse frôle la vague… *(Rire de la mouette.)* Le canard s'ébroue. *(Rire du canard.)*

TRITA

La tourterelle amoureuse. *(Elle imite le roucoulement de la tourterelle.)* Et le tourtereau répond… *(Elle imite le tourtereau.)*

SOPHIE

Le hibou saluant la nuit ! *(Elle imite le hibou.)*

TRITA

La huppe fasciée…

SOPHIE

Hup hup hup hup hup…

TRITA

L'alouette lulu…

SOPHIE

Tiouit… tiouit… tiouit…

TRITA

La poule heureuse d'avoir enfin pondu après des heures de gloussements ! *(Sophie imite le rire de la poule qui a pondu.)* De joie, elle se met ensuite à tourner en rond dans la ferme. *(Gloussement de la poule qui tourne.)*

SOPHIE

Le dindon orgueilleux qui se promène dans la basse-cour. *(Elle imite le rire vaniteux du dindon.)*

TRITA

Trop laid le dindon ! Et le paon ?

SOPHIE, *imitant le paon*

Léon ! Léon ! Léon !

TRITA

Ce n'est pas très élégant non plus !... Léon ? Qui est Léon ? On ne sait pas ! L'oie qui va mordre les mollets. *(Elle imite le rire de l'oie goulue.)* Oui, elle adore les mollets, dès qu'elle en voit, elle est folle de joie !!!

SOPHIE

Le coq...

TRITA

Qui se trompe d'heure ! *(Sophie imite le coq, elles rient.)* Et le dodo ?

SOPHIE

Personne ne se souvient de l'avoir entendu. Le dodo a disparu depuis longtemps. Trois cents ans au moins.

TRITA

Mais il devait éclater de rire avant de disparaître ? Comme ça. *(Elle invente le rire du dodo.)* Oh ! Avec toi, on peut même rire comme des oiseaux qui n'existent plus ! J'aimerais bien me transformer en oiseau de temps en temps pour connaître la joie de leur rire.

SOPHIE

Maintenant, tu sais comment.

Elles rient comme le dodo. Noir sur leur rire.

Cinquième nuit : Rien ne console quand on est vraiment triste

TRITA, *en colère*

Oui, j'ai imité tous les oiseaux possibles et imaginaires. J'ai même cherché des chants d'oiseaux lointains, celui des goélands, des oiseaux de paradis, des oiseaux-lyres qui portent leur instrument de musique sur la tête, des étourneaux... mais, après ton départ, ça ne m'a plus du tout fait rire.

SOPHIE

Essayons encore.

TRITA

Non ! D'abord j'ai l'air ridicule la bouche ouverte à faire des : « Oh oh oh, hup, hup, hup, touit, touit, touit, ouhouhouhouh ! » *(Bruits de glotte et de langue.)* Mes parents frappent à la porte de ma chambre : « Qu'est-ce qui se passe Trita ? Tu abrites une volière ? »

SOPHIE

Il se passe que tu ris. Tu ne leur as pas suggéré le rire des oiseaux ?

TRITA

Ils n'ont pas le cœur à faire la mouette rieuse, tu sais. Je me demande si on peut vraiment être consolé. Lorsqu'on est si triste, si triste, si triste que l'on préfère la nuit au jour.

SOPHIE

Bien sûr que oui. Tu étais heureuse à ma dernière visite !

TRITA

Une heure. Dix minutes. Une seconde. Pas toute la nuit. Pas le lendemain.

SOPHIE

Dix minutes, ce n'est déjà pas si mal. Pense aux petits rires qui, bout à bout, en font un grand.

TRITA

Ce n'est rien du tout. Une petite pincée de sourire. Dès que la joie tourne le dos, le chagrin revient. Ce qui le ferait partir pour de bon, ce serait que Sinan rentre guéri à la maison. Tu peux faire ça ?

SOPHIE

Écris-lui, je lui porterai ton message.

TRITA

Non. Tu ne peux pas ! Voilà ! Juste le facteur, tu peux faire. Une lettre ! ! Ce n'est pas grand-chose ! Lui parler, le voir. Voilà ce qui serait mon plaisir.

SOPHIE

Tu veux lui parler ? Peut-être que je pourrais.

TRITA, *la colère monte*

Tu n'es pas une vraie consolatrice. Tu vaux moins qu'une maman. Une maman enveloppe, entoure, fait une muraille de ses bras qui protège de tout. Elle chante, raconte des histoires et sa voix repousse la nuit. Elle câline et les crocodiles qui veulent me happer la jambe hors du lit vont se noyer dans leur rivière, effrayés. Mais toi, tu ne réussis rien. Rien, rien, rien !

SOPHIE

Je connais d'autres moyens. Fais-moi confiance !

TRITA, *idem*

Non ! Tu restes muette devant la douleur ! Tu dis des mots tout mous.

SOPHIE

Mous ? Comment ça, mous ?

TRITA, *dépitée, en colère*

MOUS ! MOUS ! ARCHIMOUS ! Je ne suis même pas sûre que tu consoles l'enfant qui tisse des tapis. Ni celui qui travaille sous l'eau pour pêcher des perles. Ni celui qui tue à la guerre. Ni celui qui a perdu ses parents. Je ne suis même pas sûre que tu réussisses à faire quoi que ce soit pour personne ! Menteuse ! Va-t'en ! Je ne veux plus te voir. Tu ne sais rien faire contre le cœur gros ! *(Avec sa baguette magique.)* Repars chez toi ! Repars chez toi ! Repars chez toi ! *(Sophie disparaît.)* Ah ! Ça a marché !

Noir.

Sixième nuit :
Le point de vue de Sirius

Elles sont assises sur le sommet de l'armoire dans la Voie lactée.

SOPHIE

Recule, tout s'élargira… Qu'est-ce que tu vois d'ici ?

TRITA

Très colère, j'étais. Je ne voulais plus t'appeler. À force de te retrouver nuit après nuit, je me sentais encore plus fragile, plus petite, plus chahutée que si j'étais restée seule devant la fille à l'envers du miroir. Où sommes-nous, Sophie ? Le ciel est si vaste.

SOPHIE

Mais tu as changé d'avis finalement ?

TRITA

Je ne savais plus comment faire. La fille à l'envers restait immobile. Elle me regardait pleurer ou faire des grimaces de malheur. Les crocodiles étaient revenus en bandes et lorgnaient ma jambe hors du lit… tout redevenait comme avant que tu viennes. Heureusement que tu ne te vexes pas.

SOPHIE

Jamais. Je crois que j'ai bon caractère.

TRITA

Finalement c'est comme si j'avais arraché un lambeau de ta robe, moi aussi.

SOPHIE

Oui. Mais mal arraché. Je l'ai recousu.

TRITA

Où m'as-tu emmenée ce soir ?

SOPHIE

Sur Sirius. L'étoile la plus brillante après le soleil. Parfois pâle, parfois rouge. Autrefois, les marins s'en servaient pour naviguer la nuit. Elle est dans la constellation du Grand Chien. On l'appelle aussi Petite Chienne. Le Sphinx d'Égypte veille sur elle. Regarde à tes pieds.

TRITA

La terre. De la neige partout. Comme un grand gâteau nappé de sucre. Des fils de chocolat de-ci de-là.

SOPHIE

Les grandes plaines du nord et leurs rivières. Peu de terriens y vivent, il y fait trop froid.

TRITA

Comme la terre est petite ! L'immense océan ressemble à une flaque... Tu crois que si je laisse flotter ma jambe hors de Sirius, les crocodiles microscopiques viendront la happer ?

SOPHIE

Pas de si haut. Tiens, prends la longue-vue.

TRITA

Dans ce carré gris, une fourmilière grouille. D'ici, on ne voit que leurs chapeaux ; des coiffes, des foulards, des turbans, des casquettes. Les fourmis s'agitent, portent des miettes de pain, défilent, courent dans des villes très serrées. Il y en a qui veulent voler les miettes… elles se montent dessus comme des hamsters, s'écrabouillent. Leurs ailes battent… quelle horreur ! Elles se mangent aussi.

SOPHIE

La guerre, Trita.

TRITA

C'est trop laid, la guerre. Si on pouvait entendre le cri des fourmis, je suis sûre que cela ferait des frissons partout. Pourquoi sont-elles si méchantes ?… Là, il y a une terre qui ressemble à un grand piano.

SOPHIE

La savane des antilopes.

TRITA

Avec de la guerre, encore. Il y a donc la guerre partout ? Ah non ! Sur une autre terre, large comme un immense nuage jaune, les insectes ne se battent pas.

SOPHIE

Le bush des kangourous.

TRITA

Et là, je vois les pyramides... les fourmis se battent encore. Et une grande muraille... Et d'ici, j'aperçois les pôles. Tout aplatis et vides aussi. La terre est penchée sur la droite comme s'il y avait trop de fourmis d'un côté. Elle ne va pas tomber, dis ?

SOPHIE

Non.

TRITA

Et ma maison ?

SOPHIE

Là-bas. Près des arbres.

TRITA

Minuscule. Tiens, deux fourmis dans le couloir... Qu'est-ce qu'elles font là ? Oh !!!! Ce sont mes parents, ils rentrent du cinéma... *(Elle rit, les salue de Sirius.)* Hou ! Hou !!! *(Voix off des parents :* « Tu ne dors pas, Trita ? Il est tard. Ne t'inquiète pas, c'est nous. Rendors-toi ! » *Sophie lui fait signe de se taire.)*

TRITA

Si je reviens vers les villes, je vois beaucoup de fourmis méchantes, folles, qui se mordent, s'arrachent des pattes, grignotent des têtes… et d'autres blessées, couchées sur le flanc… Toutes ces bêtes qui souffrent… *(Elle bouge la longue-vue.)* Et moi dans mon lit tranquille, petite comme une tête d'épingle, mais tranquille. Papa et maman qui rentrent du cinéma… J'ai de la chance finalement.

SOPHIE

Oui.

TRITA

Mais Sinan, non. Même si j'ai de la chance, j'ai toujours, dans un coin de mon cœur, une petite perle noire. Le chagrin que Sinan ne soit pas là avec nous pour voir les fourmis.

SOPHIE

Mais Sinan est avec toi. Allons le voir. *(Trita change de point de vue.)*

TRITA

Sinan ! Sinan !

SINAN

Trita ?

TRITA

Regarde, je suis au-dessus de toi ! Tu me vois ?

SINAN

Je vois une fourmi qui me salue assise sur une étoile. C'est toi, Tritou ?

TRITA

Oui, c'est moi. *(Elle lui parle dans leur langage jumeau.)* Sinou, vaça ? As mangé ta fonticure du soir ? Al était doubonne ?

SINAN

Vi.

TRITA

T'as plus mal au dos, dis pitit frère de moi ? Tranquille-toi bien, mon zimeau d'amor, ta sor t'em bocoupe, bocoupe.

SINAN

Ah vaça. Ti connais aussi la dame avec toi, vieille jeune ?

TRITA

M'an consolatrice nouvelle pour nous, zimeau doubon.

SINAN

Al est venue dans spital, oui. Pour moi rire gondolé. Mais, moi zimeau reviendre rapido mâson, Tritou. Rapido. Blancs messieurs ont dit. Dis-lui, à vieille jeune, pas la peine venir voir Sinou... Guéri, moi ! Un peu... (*Ils battent des mains selon un code de bonheur.*) Dodo maintenant.

TRITA

Bisoudodo. Commeçadoux. Eh !! Bisou vite retour ! (*Elle le salue de la main.*) C'est notre langage à nous. Rien qu'à nous. Des mots qui consolent, pas qui font peur comme croque-Odile. Ou sang-lié. Ou serre-pan ! Ou grrrrr-nouilles ! Ou mousse-tiques. Eux ils terrorisent, non ?

SOPHIE

Il y aurait donc des mots consolateurs ?

TRITA

Oui. Mais pas pour toutes les fourmis. On descend ?

Noir.

Septième nuit :
Vivre libre est la seule consolation

SOPHIE

Si tu regardes la mer, tu peux apprendre d'elle. Elle ne porte pas tous les bateaux. Elle ne nourrit pas tous les poissons. Elle est libre.

TRITA, *dans l'armoire*

Tu l'aimes cette robe ?

SOPHIE

Tu ne m'écoutes pas. Je te parlais de la mer.

TRITA

J'ai très bien entendu. La mer ne porte pas tous les bateaux. Ni tous les poissons.

SOPHIE

Ne nourrit pas tous les poi…

TRITA

Poissons. Oui.

SOPHIE

Tu peux être la mer.

TRITA, *montrant une robe*

Et celle-là, tu la préfères ?

SOPHIE

Écoute-moi. Comment ne plus penser à Sinan ?

TRITA

Mais je veux y penser au contraire !

SOPHIE

Tu cherches une robe pour accueillir son retour ?

TRITA

Mmmm !

SOPHIE

Penser à Sinan, oui, bien sûr. Mais sans laisser ton désir de vivre s'affaiblir. Tu n'es pas obligée d'être triste pour le monde entier. De ne pas être heureuse parce que les fourmis font la guerre. Longtemps, j'ai cru cela moi aussi. Que je ne pourrais être heureuse tant qu'un enfant sur terre serait battu. Tant qu'un homme serait prisonnier. Mais alors, je ne pouvais plus vivre. Triste tout le temps, j'étais à côté de ma vie.

TRITA, *avec une autre robe*

Celle-là, non ?

SOPHIE

Je ne sais pas ce que tu fabriques avec ta garde-robe ! Mais je sais que personne n'a le droit de détruire ton plaisir de vivre.

TRITA

Alors il faut que je m'en moque du malheur des fourmis ?

SOPHIE

Non.

TRITA

Et des enfants qui font la guerre ? Et de Sinan ?

SOPHIE

Non. Mais n'y pense pas tout le temps.

TRITA

Là, je pense plutôt à mes robes, tu vois.

SOPHIE

Tout ce qui donne à la vie son merveilleux, peut être une consolation. Les robes… Dire une poésie… Quoi d'autre ?

TRITA

Chanter une chanson ?

SOPHIE

Se raconter une histoire.

TRITA

Chante… Chante !

Elles chantent et dansent.

SOPHIE

Tout ce qui t'arrive d'important… un câlin, une caresse de chat, le clair de lune par la fenêtre, un parfum poivré…

TRITA

Tout peut être du bonheur ! *(Parfum de bonheur sur scène et dans la salle.)* Oui… on dirait que ce parfum repose, qu'il dénoue les nœuds là-dedans. *(Elle montre sa poitrine…)* Un peu comme nounours odeur… Bonheur, oui ! Mais très vite recommence l'école ! Les devoirs ! Et les affreuses notes en dessous de 10 ! Parfois je m'en moque, parfois non. Pourquoi c'est si pénible d'être notée ? Tu crois que l'on peut avoir du bonheur si : Trita : 5, Trita : 8, Trita : 9,75 !!! J'ai des frissons de cauchemar de notes. Quand on grandit, ça continue ?

SOPHIE

Souvent.

TRITA

À cause de ces notes, je perds tout le plaisir que la chanson, le rire, le parfum avaient fait naître dans mon cœur.

SOPHIE

Ton existence ne se mesure pas aux notes, Trita ! Tu imagines ? Une vie de 5 sur 20. Une vie de 2 ½ !

TRITA

Une vie de zéro ? Ce doit être terrible. Et une vie de moins 1 ?

SOPHIE

Quoi ?

TRITA

Quelquefois, oui, on est notés en dessous de zéro ! Oui, oui ! Crois-moi ! Ce serait une vie glacée, alors ?

SOPHIE

Oui. Tu n'es faite que pour vivre. Tu n'es pas née pour cette vie-là. Personne sur terre n'est fait pour cette vie-là.

TRITA

Les autres Sophie du monde pleureur consolent comme toi ?

SOPHIE

Certaines sont plus rudes. Tu sais que je ne réponds pas à toutes les questions… *(Sourire de Trita…)* mais quelques Sophie lointaines répondent à côté… ailleurs.

TRITA

Par exemple ?

SOPHIE

Pose-moi une question.

TRITA

Comment puis-je être libre en étant une enfant ?

SOPHIE

Les hirondelles volent haut.

TRITA, *estomaquée*

Et alors ?

SOPHIE

C'est tout ! À toi de réfléchir…

TRITA

Puis-je être heureuse ?

SOPHIE

Le poisson ne s'attrape pas en joignant les mains dans l'eau.

Trita rit.

TRITA

On joue encore ! Comment me réconcilier avec ma pire ennemie ? *(Sophie lui tire la langue.)* Réponds !!!

SOPHIE

Tirer la langue est une réponse. *(Trita rit.)*

TRITA

Puis-je être heureuse ?

SOPHIE, *elle donne un coup de pied à Trita*

D'autres Sophie préféreront te donner un bon coup de pied pour réveiller la réponse qui se cache en toi !

TRITA, *riant*

Et on trouve l'illumination en hurlant de douleur et en se frottant les fesses ?

SOPHIE

Il paraît ! Ce ne sont pas mes méthodes. *(Trita s'enferme dans l'armoire.)* La vie avant tout. Tu ne peux que vivre, même s'il y a des contraintes. La joie avant tout. Avec les mots de la parole pour être en paix avec le monde.

TRITA, *sort la tête de l'armoire*

Quels mots ? Attends-moi deux minutes.

Elle se cache de nouveau dans l'armoire.

SOPHIE

Tu ne m'écoutes pas. Je te dis des mots importants. Bonté. Justice. Bonheur. Partage. Fraternité. Tendresse. Caresse.

TRITA

Gentillesse. Amour. Câlin. Bienveillance. Ça fait un peu religion, non ?

SOPHIE

Peut-être. Tu préfères cruauté, méchanceté, couteau, revolver, mort, torture, larmes, violence, malheur, coups, tueries, crocodiles, moustiques, grenouilles... ?

TRITA, *en essayant de sortir de l'armoire*

Tais-toi ! Avec tes mots cruels, tu as fait revenir les crocodiles et je vais rester coincée au milieu des robes sans jamais pouvoir sortir de l'armoire !!! Sors-moi de là !

SOPHIE, *sourit*

Il y aurait donc des mots qui tuent ?...

TRITA

Évidemment. Sors-moi de là !!

SOPHIE

Pense alors à ceux qui apaisent.

On entend un murmure de mots. « Alouette lulu. Nez qui frissonne. Nounoursodeur. Rire du dodo. Prière. Belle robe trouée. Nounourscompresse. Fonticure du soir. Sirius. Hirondelles volant haut. Sinan. Grains de beauté. »

Tu pleureras peut-être encore. Sûrement. Sinan repartira peut-être encore. Sûrement. Tu m'écoutes, Trita ? Souviens-toi de moi : vivre libre est la seule consolation. *(Trita sort de l'armoire vêtue d'une robe en haillons.)* Trita ?

TRITA

Sophie !

Noir final

Ce texte est issu d'un collectage des peurs, des chagrins et des consolations réalisé dans les classes primaires des Ulis, de Nanterre et, par le hasard d'une randonnée, de Laurac-en-Vivarais.

Remerciements à Socrate dit la Torpille pour ses enseignements, à Boèce pour sa consolation, à Nietzsche pour ses chemins de montagne, à Giacomo Leopardi pour son éloge des oiseaux, à Cicéron et à Voltaire pour leurs voyages sur Sirius, à Jean-Paul Sartre pour sa culpabilité, à Lin-Tsi pour ses exercices bouddhistes, à Stig Dagerman pour sa poésie.

La Consolation de Sophie a été créée le 12 janvier 2010 à l'Espace culturel Boris Vian des Ulis, scène conventionnée jeune public et adolescents par le groupe 3.5.81 dans une mise en scène de Patrick Simon, assisté de Guillaume Tarbouriech.

Lumières : Cyril Hamès
Scénographie : Goury
Robes : Claire Belloc
Parfums : Jacqueline Blanc-Mouchet
Images : Laura Wantiez
Avec : Jessica Monceau (Trita), Dominique Paquet (Sophie), Guillaume Tarbouriech (Sinan).

Le Groupe 3.5.81 est conventionné par la DRAC Ile-de-France Ministère de la Culture. Compagnie en résidence à l'Espace culturel Boris Vian, scène conventionnée des Ulis. Projet aidé par la ville des Ulis et le Conseil Général de l'Essonne.

Avec le soutien de la Saison jeune public de Nanterre, et de la Scène nationale L'apostrophe de Cergy-Pontoise.